AF311004

L'IMPROMPTU DU CŒUR,

OPERA-COMIQUE,

DE M. VADÉ

Représenté pour la première fois sur le Théâtre de la Foire Saint Germain, le Mardi 8 Février 1757.

Le prix est de 24 sols, avec la Musique.

A PARIS,

Chez DUCHESNE, Libraire, rue Saint Jacques, au-dessous de la Fontaine Saint Benoît, au Temple du Goût.

M. DCC. LVII.

Avec Approbation & Privilége du Roi.

PERSONNAGES.

LEONORE,	Mlle. Mantel.
DAMON,	M. Roziere.
M. SCRUPULE, *Oncle de Leonore,*	M. de la Ruette.
NICAISE, *Cousin de Jerôme,*	M. Bouret.
JEROME,	M. Paran.
LOUISON,	Mlle. Baptiste.
NANETTE,	Mlle Superville.
BABET,	Mlle. Dazincourt.
FANCHON,	Mlle.
JAVOTTE,	Mlle. le Clerc.
Un Marchand de Chansons,	M. de Lisle.
Une Marchande de Chansons,	Me. Paran.
Premiere Marmotte,	Mlle. Prudhomme.
Seconde Marmotte,	Mlle Luzi.

La Scene est dans une Place publique de Paris

L'IMPROMPTU DU CŒUR,

OPERA-COMIQUE.

SCENE PREMIERE.

LEONORE, DAMON.

DAMON.

Air : *Sur vos pas , vos appas.*

N ce jour
Notre amour
Ne rencontre plus d'obstacle ,
Quel miracle !

LEONORE.

Oui vos feux

A ij

Et mes vœux
D'Hymen vont ferrer les nœuds.

DAMON.

Leonore, quel bonheur
Succede à la douleur
Qui nous perçoit le cœur !

LEONORE.

Ah ! grands Dieux, quels charmes !
Après tant d'allarmes,
Tout fert notre ardeur.

DAMON.

Me rebutant je vous vis
Craintive pour Louis ;
Vous banniffiez ma flâme
De votre ame.

LEONORE.

Cher Damon,
Pouvoit-on
Me parler dans ma trifteffe,
De tendreffe ?
A foi peut-on fonger
Lorfqu'un pere eft en danger?

DAMON.

Air : *Je n'aime point à demi.*

Votre amour pour notre Roi
M'eft un doux préfage.

LEONORE.

Ce fentiment eft en foi ·
Même il croît avec l'âge.
Tout François ainfi que moi
A le même avantage.

DAMON.

Rien n'eft plus vrai. Sans-doute qu'en faveur du rétabliffement d'une fanté fi précieufe , M. Scrupule votre oncle ne fufpendra plus notre union.

LEONORE.

Je l'efpere comme vous ; mais le voici.

SCENE II.

M. SCRUPULE, LEONORE, DAMON.

LEONORE.

Air : *De tous les Capucins du monde.*

Mon Oncle , notre joie éclate.

DAMON.

La mienne eft pure , & je me flatte
Que vous voudrez en ce moment....

M. SCRUPULE.

Différons.

LEONORE.

Dieux ! quelle injuſtice !

M. SCRUPULE.

Ma niece , allons plus doucement ,
Attendez un tems plus propice.

DAMON.

Air : *De Catinat.*
Peut-il s'en préſenter de plus avantageux ?

LEONORE.

Louis nous eſt rendu. Comblez donc tous nos
vœux.

M. SCRUPULE.

Ses jours me ſont trop chers , je veux m'en aſſurer.

LEONORE.

Se livrer au plaiſir , c'eſt bien vous le jurer.

M. SCRUPULE.

En un mot je veux le voir & je pars
pour Verſailles à deſſein de m'en convaincre ; c'eſt à mes yeux que je veux confier
la tranquillité de mon cœur. Je ferai dili-
gence.

Il ſort.

SCENE III.

LEONORE, DAMON.

DAMON.

Air : *Du Prevôt des Marchands.*

Mais tout doit convaincre son cœur.

LEONORE.

Il croit rarement au bonheur.

DAMON.

Quel retard !

LEONORE.

Je m'en plains moi-même ;
Mais en attendant son retour,
Allons avec un soin extrême
Faire illuminer cette cour ;

Et tandis que mon oncle donne des
preuves de son zéle par sa tendre inquié-
tude, manifestons le nôtre par les trans-
ports de joie que le Public seconde avec
tant d'allegresse.

A iv

SCENE IV.

NICAISE, JEROME.

JEROME.

HÉ ben, Cousin ? Tu dis donc que t'es capabe, toi ?

NICAISE.

Apparemment que sans doute que je suis capabe.

JEROME.

Oui ; mais cependant pourtant il y a queuqu'zun qui t'a soufflé ta Maîtresse.

NICAISE.

Oh ! mais, c'est que....

JEROME.

Quoi ? C'est que ?....

NICAISE.

Oui, c'est que ... parce ... que ... Oh ! va, ça n'fait rien....

JEROME.

Tiens, t'es bête.

NICAISE.

Oh ! oui, tu t'y connois encore, toi !
C'étoit bon autrefois..... Il y a quel-
qu'tems , par exemple.

JEROME.

V'là qu'eſt ben arrangé ! mais s'agit
pas de ç'a.

Air. *Cependant pourtant ça m'fait ſouffrir.*

L'Couſin Clément t'a donc fait v'nir
Pour à cell'fin de t'réjouir ?

NICAISE.

Oh ! ſans vanité je m'en vante.

JEROME.

Ce ſoir je veux te m'ner partout.

NICAISE.

Eh ! ben, ſi nous allons enſemble,
Ça f'ra que nous n'nous quitt'rons pas.

JEROME.

Tu raiſonnes comme tu parles. Ah ça ,

je t'avertis qu'il y aura fierement de monde.

NICAISE.

Ah ! ben, tant mieux ; moi j'aime ben quand je fuis plufieurs.

JEROME.

AIR : *Mais demandez-moi pourquoi je reviens.*

Quoi ! plufieurs ?

NICAISE.

Hé ! dame oui.

JEROME.

Tais-toi.

Je f'rons morgué plus de cent mille.

NICAISE.

Cent mille ! Combien qu'ça fait ?

JEROME.

Ma foi,

C'eft environ tout plein la Ville.

Tu fçais ben qu'la nuit on n'voit goute.

NICAISE.

Oui.

JEROME.

Comme en plein jour je verrons.

NICAISE.

Comme en plein jour ?

JEROME.

Vrament fans doute ,
A caufe qui gn'y a des lamprons.

NICAISE.

Des lamprons ?

JEROME

Et oui , des lamprons.

NICAISE.

Oh ! pardi , va , j'en fuis ben aife ,
moi ...., mais quoiqu'c'eft qu'des lamprons ?

JEROME.

C'eft comme qui diroit des éclairciffe-
mens en magniere d'allumations.

NICAISE.

Oh ! j'entends à ç't'heure ..... c'eft-
t'y pas de ces chofes-là .... qu'on appelle .... comme quand .... lorfque ...
oh ! je fçais ben ce que j'veux dire ....

JEROME.

Tout jufte, tu y es. Pargué t'es ben habile.

NICAISE.

. Oh ! j'ai appris à vivre à mes dépens.

JEROME.

On le voit ben.

AIR : *Il faut mon frere.*

C'eft ben dommage
Qu'on ne t'ait pas choifi
Pour un meffage,
Dans ç'quart d'heure-ci,
Pour aller vers le Roi,
L'y porter not'hommage.

NICAISE.

J'm'acquitt'rois de ç't'emploi
Encor plus mieux que toi.

JEROME.

Quoi plus mieux ! eh ben voyons donc avec ton plus mieux, comment qu'tu dirois ? Suppofons qu'c'eft moi qui fuis Sa Majefté.

NICAISE.

Toi! Oh! pardi oui, t'en as encor ben
l'air!

JEROME.

Mais je te dis comme par semblant.

NICAISE.

Gn'y a pas de semblant là-dedans. T'es
mon cousin , par conséquent ça ne se
peut pas. Y faut raisonner dans la vie.

JEROME.

Hé ben , ç'a vous démont'roit t'y pas
un Académistre?

NICAISE.

Mais voyons comme tu dirois , toi ?

JEROME.

Moi, je dirois tout de suite, & sans me
faire prier. Tien, écoute.

AIR : *Reçois dans ton galetas.*

Sire je viens devant vous....,

NICAISE.

Pardi ! voyez-donc le gros forcier, il le verroit ben, peut-être.

JEROME.

Mais queu raison qu'tu me fais donc là ?

NICAISE.

C'est que je vous prends garde à tout, moi. Mais voyons, dit toujours.

JEROME.

Sire je viens devant vous,
Au nom de toute la France,
Pour vous dir' qu'j'avons tretous
Ben souffert de votre souffrance,
Qu'si vous nous voyez ben porté
C'est parç'qu'vous êtes en bonn' santé. *bis.*

NICAISE.

Ah ! jarni, c'est bon ça.

JEROME.

Hé ben, voyons, comment qu'tu dirois, toi ?

NICAISE.

Moi, je commencerois déjà d'abord par lui ôter mon chapeau.

JEROME.

Sans doute.

NICAISE.

Hé puis je me mettrois dans la tête tout ce que les François ont dans l'ame.

JEROME.

Hé ben !

NICAISE.

Hé puis je lui dirois avec franchise : Sire je donnerois ma vie pour conserver la vôtre.

JEROME *avec transport.*

Tiens, baise-moi , tu as de l'esprit comme tout le Royaume.

NICAISE.

Oh ! dame c'est que dans ce cas-là tout le Royaume fait bien vîte de l'esprit avec de l'amour.

JEROME.

Si tu raisonnois toujours comme

ça, tu ferois le coq de not' famille.

On entend plufieurs voix dans la couliffe chanter.

Une taloche.

JEROME.

Ah ! ah ! quoiqu'c'eft donc que ça ?

SCENE V.

JEROME , NICAISE , LOUISON , BABET , FANCHON , NANETTE , JAVOTTE.

LOUISON *tenant toutes fes compagnes par la main.*

A I R. *Noté*, N°. 1.

PAR un beau foir m'y promenant ,
Jolicœur fous l'bras me tenant ,
Un p'tit Muguet s'approche.

CHORUS.

Un p'tit Muguet s'approche.

LOUISON.

LOUISON.

Il voulut faire le genti,
Décampez, j'vous en averti.
Il m'dit : vous riez, Man'selle Louison.
Moi tout en riant j'vous y applique, zon,
Une taloche.

CHORUS.

Une taloche.

NICAISE.

Elle est méchante, dà.

JEROME.
Tais-toi.

LOUISON.

II. COUPLET.

Là-d'ssus il m'appelle guenon ;
Mon amant à ce beau p'tit nom
Met sa pipe dans sa poche.

CHORUS.

Met sa pipe dans sa poche.

LOUISON.

J'vas, lui dit-il, vous sabouler ;

B

Mais l'autre au lieu de s'en aller,
N'l'apelle-t-y pas vilain eftaff ;
En r'merciement il reçut, paff,
    Autre taloche.

C H O R U S.

Autre taloche.

N I C A I S E.

Le beau remerciment !

J E R O M E.

Veux-tu bien te taire ?

L O U I S O N.

III. C o u p l e t.

Joli - cœur ne badinoit pas,
Même il alloit mettre habit bas,
Pour en v'nir aux approches,

C H O R U S.
Pour en v'nir aux approches.

L O U I S O N.

L'autre en figne d'accomod'ment
Vîte gagne au pied promptement ;
Et pour prix d'fa bell' chienn' d'ardeur,
C'eft qu'il vous eut diablement peur,
    Et deux taloches.

C H O R U S.

Et deux taloches.

J E R O M E.

Ça fait un bon arrêté de compte, ça. Courage, Mlle. Louison ; ferviteur, & vot' compagnie.

L O U I S O N.

Hé! c'eft Jerôme, autrement dit, Ba-chot de la Grenouillere.

J E R O M E.

Oui, je nous v'là avec l'coufin Nicaife.

N I C A I S E.

Oui, & il eft mon coufin auffi à moi.

J E R O M E.

Coufin iffu de germain.

N I C A I S E.

Iffu de germain? Iffu de Clément, peut-être *.

____

* *Parce que dans la Piéce de Nicaife il appelle toûjours M. Clement fon oncle.*

JAVOTTE.

Tout de bon, gros gouayeux?

LOUISON.

Il viendra avec nous, car il a le visage
bon enfant.

NICAISE *se reculant.*

Je ne veux pas.

JEROME.

Allons, allons, remets-toi.

NANETTE *se moquant de lui.*

Air. *L'amour a sur la Riviere.*

Voyez donc son air d'aisance ;
Monsieux veut-y m'embrasser ?

NICAISE.

Pour ça non.

NANETTE.

Par complaisance
Laissez-vous donc caresser.

BABET.

Il a ben l'air à la danse,
Je veux l'prendre pour danser

NICAISE *la repouſſant.*

Allons, Mameſelle, danſez avec vos pa-
reilles, s'il vous plaît.

JEROME.

Eſt-ce qu'on dit ça ?

LOUISON.

Moi, je veux qu'il me donne le bras dans
la foule. Je n'aurai pas p eur avec lui, car
y f'ra peur aux autres.

JAVOTTE.

Air : *Ah ! mon Dieu, que de jolies Dames !*

Je l'perdrons dans la preſſe.

NICAISE.

Laiſſez-moi donc là.

JEROME.

Javotte, point d'rudeſſe.

NANETTE.

L'beau bijou que v'là !

JEROME *à Nicaiſe.*

Morgué, toi qu'as d'la politeſſe

D'vrois-tu fair' comm'ça ?
Hé ! montre qui qu'tes.

NICAISE.

A propos, c'est vrai ; moi je n'y pensois pas. Hé ben, voyons : qu'est-ce qui veut que je l'embrasse ?

LOUISON.
Là.

NANETTE.

Hé, ben ! voyez.

BABET.

Comme y dit ça !

JAVOTTE.
Madame.

FANCHON.
J'ai peur.

JEROME *prenant Nicaise.*

Haut donc ; haut donc.

NICAISE *se lance sur elles. Elles prennent ce tems pour l'entourer & chanter en rond.*

TOUTES.

Gai, gai ;
Comme il se démene !

Oui, oui,
Qu'il est dégourdi !
Gai, gai, comme il se démene !
Oui, oui,
Qu'il est dégourdi !

NICAISE.

Oh, j'm'en vas vous en donner. Allez.

Il les baise.

LOUISON.

Ma chere mere.

BABET.

La belle aubaine !

NANETTE.

Hé ben donc ; hé ben donc, ce pauvre p'tit nez.

JAVOTTE.

Le beau gobet.

FANCHON.

Il se dégêle.

LOUISON.

Ah, que nous v'là ben rassasiées !

NICAISE *se frottant les mains.*

C'est que je vous ai ben-tôt fait ça, moi.

FANCHON.

Il est ben élevé.

NICAISE.

Hé ben , qu'est-ce qui en veut encore pendant que j'y suis ?

Elles éclatent de rire.

LOUISON.

Ça vous f'roit mal.

NICAISE *les voyant rire d'aussi bon cœur ;*

Hem *!* Je vous rends-ti les filles gayes ; moi ?

JEROME.

Oh , diantre , toi, tu sçais donner l'boüi.

On entend dans la coulisse le refrain suivant.

Air : *J'étois, j'étois malade d'amour.*

Chantons , chantons ,
Cent fois répétons
Vive ce tendre pere.

JEROME.

Ah! ah ! des Marchands de chansons : Tant mieux , j'allons faire de bonnes emplettes.

SCENE VI.

Les Acteurs précédens , un Marchand & une Marchande de Chanfons , accompagnés d'un violon.

JEROME.

DITES-DONC, Monfieur & Madame Crincrin , approchez, contez-nous ça tous les trois.

M. CRINCRIN.

Allons , allons, mes amis.

PREMIER COUPLET.

AIR *Noté.* Nº. II.

Louis que le Ciel a formé
Pour regner & pour plaire ,
Sera plus que jamais aimé ,
C'eft le cri de la terre.
Chantons , chantons ,
Cent fois répétons ,
Vive ce tendre Pere.

TOUS.

Chantons , chantons ,
Cent fois répétons ,
Vive ce tendre Pere.

II. COUPLET.

Si de tout son Peuple allarmé
La douleur fut sincere ,
Le plaisir dont il est charmé
En est le vrai salaire.

Chantons , chantons , &c.

TOUS.

Chantons , chantons ,
Cent fois repétons ,
Vive ce tendre Pere.

III. COUPLET.

Si le Ciel exauçoit toujours
La plus juste priere ,
Il retrancheroit sur nos jours,
Pour tripler sa carriere.
Chantons , chantons;
Cent fois répétons ,
Vive ce tendre Pere.

TOÛS.

Chantons, chantons,
Cent fois répétons
Vive ce tendre Pere.

NICAISE.

Ah ! jarnicoton , c'eſt genti comme
tout , ça. Monſieur , donnez-moi donc un
Livre.

LOUISON.

Oui , pauvre petit , il l'a ben gagné ;
on l'a moulé comme par exprès pour lui.

NICAISE.

Hé ! qu'eſt-ce que ça vous fait , à toi ?

JEROME.

Air : *Vous fixez un aimable Amant.*

J'vas en prendre un pour nous tretous.

JAVOTTE.

Moi j'en veux un pour cheux nous.

NANETTE.
J'veux auſſi chanter ç'bon cher Maître.
Elle ſe fouille.
A propos j'n'ai pas le ſol vaillant.

FANCHON.

Moi, mon homme a pris mon argent
Pour illuminer not' fenêtre.

Mais ce qu'il y a de bon, c'eſt que v'là des blouques d'oreilles qui la danſeront, toujours.

NANETTE,

Et moi donc ma croix d'argent : ah ! ſi elle revient !

LOUISON.

Et moi ma cornette. Monſieur, attendez-nous.

CRINCRIN.

Eh non, Meſdames votre parole eſt ſuffiſante. Hé puis votre zéle pour notre Roi eſt une piéce de crédit.

TOUTES.

Monſieur, vous êtes ben honnête.

CRINÇRIN.

Avancer le ſien pour un ſi beau ſujet, c'eſt de l'argent ſûr.

JEROME.

Oh! pour ça j'en répondrois ben.

NICAISE.

A i r. *Nous sommes Precepteurs d'Amour.*
Ah! tout ç'a s'ra ben-tôt payé,
Car au lieu d'venir par le Coche,
Moi tout douc'ment j'suis v'nu à pied,
J'ai mis la voitur' dans ma poche.

JEROME.

Comment la voiture?

NICAISE.

Oui; vingt-quatre sols que mon oncle Clément m'a donnés pour aller dans le panier de devant à côté du Cocher, comme un enfant de famille que je suis.

LOUISON.

Mon enfant! vingt-quatre sols! Et vous n'avez pas pris la poste!

NICAISE.

Oh! non, moi je n'aime pas les chevaux.

LOUISON.

Vous n'avez donc gueres d'amour propre?

NICAISE.

Plus propre que vous, dame......

JEROME.

A i r. *Moi qui veux m'instruire.*
Régale nous donc à préfent.

NICAISE.

Ah! pour ça j'm'en pique.

Montrant la Marchande de Chanfons.

Mais fi j'li donn' tout mon argent,
J'veux toute fa boutique,
J'veux toute fa boutique.

Me. CRINCRIN.

Allons, voyons, beau chaland.

NICAISE *donne fes 24 fols, & prend toutes les chanfons qu'il diftribue.*

Tenez, ce font les dragées du cœur, ça.

BABET.

Il a raifon, font les confitures des bons fujets.

NANETTE.

R'mercie, mon fils.

FANCHON.

Ben obligé, mon enfant.

LOUISON.

Merci, mon p'tit cochon de lait.

JAVOTTE.

Ben obligé, mon poulet d'yvoire.

NICAISE.

Hé! puis, v'là pour moi.

JEROME.

Eft-ce que tu fçais lire?

NICAISE.

Moi? Pardi, va, que de refte, puifque je vous lis queuqu'fois une grande page toute entiere fans reprendre mon vent.

JEROME.

C'eft donc comme moi, quand je bois pinte à la fanté d'not' Roi.

NICAISE *montrant ses trois livrets de chansons.*
Je garde ces trois-là, toujours.

JEROME.

Quoi ? trois ; c'est inutile, puisque c'est
la même chose.

NICAISE.

Ça ne fait rien.

JEROME.

Air : *Les cœurs se donnent troc pour troc.*
Mais c'est trois fois le mêm' tableau.

NICAISE.

Moi j'aim' ça.

JEROME.

Faut qu'tu t'satisfasses.

NICAISE.

Pardi, la Dam' de not' Château
Aime à se mirer dans trois glaces.
Et je mirerai trois fois mon amitié la
dedans.

BABET.

Il n'est pardié pas si gnais qu'il le paroît
au moins.

LOUISON.

Qu'est-ce qui diroit que ça pense comme
les honnêtes gens ?

JEROME.

Oh ! la Province suit toujours la mode de
Paris, & c'est une mode qui ne passera jamais, celle-là. Hé bien ! allons-je tretous
ensemble courir.

On entend un air de vielle.

Ah ! ah ! quoi qu'c'est donc qu'ça, un renforcement de gaité ?

NICAISE.

Jarni, j'suis ben aise.

TOUTES.

Et nous donc ?

SCENE VII.

DEUX MARMOTTES *& les Acteurs précédens.*

FANCHON.

Arrivez, mes enfans.

NANETTE.

Ah ! les jolies petites Marmottes ? Tiens, vois donc ?

NICAISE.

Où donc ça ?

LOUISON.

Pardine, elles vous crevent les yeux.

NICAISE.

Qui, ça ?

JEROME.

Oui ça ; hé ! qui donc ?

NICAISE.

Bon ! on m'avoit dit que c'étoit fait comme des lapins, & que ça dormoit dix-huit mois de l'année.

PREMIERE

PREMIERE MARMOTTE.

Non, non, Monfieur, des Marmottes comme nous font, je vous affure, bien éveillées.

NANETTE.

Hé ! ben, mes enfans, fçavez-vous quelque chofe fur l'air que vous jouiez tout à l'heure ?

SECONDE MARMOTTE.

Oui, oui, Madame.

PREMIERE MARMOTTE.

Et qui eft bien vrai encore.

TOUS.

Ah ! voyons ; écoutons.

PREMIERE MARMOTTE.

AIR : De la contredanfe de la Fontaine de Jouvence : *Non, je n'aimerai jamais que vous.*

De Louis la brillante fanté
Ramene les Ris, les Jeux & la gaité,
C'eft à qui s'y livrera le mieux,
Le vif enjouement fe peint dans tous les yeux.

C

SECONDE MARMOTTE.

C'eſt ſans fadeur que notre cœur l'encenſe,
La vérité ſeule en fait tous les frais.

PREMIERE MARMOTTE.

Chacun le dit comme chacun le penſe,
Le tendre amour eſt l'encens du François.

ENSEMBLE.

De L o u i s la brillante ſanté
Ramene les Ris, les Jeux & la gaité;
C'eſt à qui s'y livrera le mieux,
Le vif enjouement ſe péint dans tous les yeux.

PREMIERE MARMOTTE.

Jouiſſons tous
D'un bien ſi doux;
En le partageant il s'augmente,
Le chagrin ſçut nous réunir;
Mais à préſent c'eſt le plaiſir:
Folâtrons.

SECONDE MARMOTTE.
Soupirons.

PREMIERE MARMOTTE.
Il faut voltiger.

SECONDE MARMOTTE.
Il faut s'engager.

PREMIERE MARMOTTE.

Prends un amant.

SECONDE MARMOTTE.

Nenni vraiment,
Je suis contente,
Louis vit pour nous.
Jouissons tous
D'un bien si doux,
En le partageant il s'augmente.
Le chagrin sçut nous réunir ;
Mais à présent c'est le plaisir.

ENSEMBLE.

De Louis la brillante santé
Ramene les Ris , les Jeux & la gaité ;
C'est à qui s'y livrera le mieux ,
Le vif enjouement se peint dans tous les yeux.

Et sauta Catharina.

LOUISON.

Elles sont à croquer.

BABET.

Ma foi, oui.

FANCHON.

A les entendre si on ne diroit pas que
c'est soi-même qui chante ça.

NICAISE, *s'approchant des Marmottes.*

Moi, j'aime ben celle-là, & puis l'autre.

PREMIERE MARMOTTE.

En vérité ?

NICAISE.

Comment donc qu'ça se prend?

JEROME.

Je te le dirai.

Air : *Sçavez-vous ? bien jeune tendron ?*

On n'peut payer ça ç'que ça vaut ;
Mais j'vas donner tout ç'que j'possede.)

PREMIERE MARMOTTE.

L'argent n'est pas ce qu'il nous faut,
Au zèle l'intérêt le cede ;
Nous exigeons pour tout payement
Que vous disiez en ce moment
  Bien tendrement
  Vraiment,
  Gaiment,
 Vive l'auteur /
 De notre ardeur.

TOUS.

Vive l'auteur
De notre ardeur.

SCENE VIII. *& derniere.*

M. SCRUPULE, LEONORE, DAMON,
& les Acteurs precedens.

M. SCRUPULE.

COURAGE, mes enfans.

JEROME

Allons nous-en ailleurs nous réjouir, v'là une figure férieufe qui porteroit malheur à notre joie.

M. SCRUPULE.

Non, mon ami. J'efpere même au contraire la feconder bientôt.

LEONORE.

Hé bien, mon oncle ; vous voyez que nous avions raifon de nous livrer au plaifir.

M. SCRUPULE.

AIR : *De tous les Capucins du monde.*

Oui maintenant je fuis tranquille,

J'ai vû Louis. Il m'eſt facile
De vous unir, mes chers enfans.
L'himen de ma joie eſt la marque :
Vivez, aimez auſſi longtems
Que nous chérirons ce Monarque.

Mille ouvrages que j'ai déja vûs à ce ſujet annoncent les ſentimens de toutes les Nations pour lui.

LEONORE.

AIR : noté. N°. 3.

Qu'on eſt heureux de faire des vers !
Moi plus j'y rêve & plus je m'y perds ;
Mais ce talent ne doit couter rien ,
   Car il me ſouvient bien
   Qu'un auteur en crédit
      Dit
Qu'en chantant un BOURBON
     Bon ,
Dans le ſacré valon
     L'on
Se paſſe d'Apollon.

SECOND COUPLET.

En vain Damon me faiſant ſa cour
Dans ſes chanſons me traçoit l'amour ;
Mais il en fit une pour Louis
De bon cœur je l'ouis ,

Je lui fçus par degré
   Gré ;
Sur moi ce trait d'efprit
   Prit :
Il put de fon fçavoir
   Voir
Quel étoit le pouvoir.

TROISIEME COUPLET.

L'objet chéri qu'il me retraçoit
L'enhardiffoit & m'attendriffoit,
D'avoir rendu mon cœur fatisfait
Son zéle triomphoit ;
Non pas en écrivain
   Vain
Vifoit-il au renom ?
   Non.
Le plus fimple couplet ;
   Plait ;
Louis le rend complet.

JEROME.

Hé ! ben, Coufin, comment qu' tu trouves ça, toi ?

NICAISE.

Moi, j'trouve ça pas mal raifonné ; mais c'eft pas ben difficile.

JEROME

En dirois-tu ben autant ?

NICAISE.

Hé ! pardine, m'en défies-tu ?

JEROME.

Oui.

TOUTES.

Ah, voyons donc.

NICAISE.

Même air que le précédent.

Moi je n'ai jamais fçu ben chanter ;
Mais quand il faut montrer qui l'on eſt ,
C'eſt que je vous tire adroitement
Mon épingle du jeu.
Je ne dis qu'un feul mot
      Qui
Prouve que je fuis au
      Fait.
Nous d'vons chérir le Roi
      Car
Il nous aime tretous.

JEROME.

Pargué, v'là qu'eſt ben rimé.

NICAISE.

Qu'ça rime ſi ça veut, c'eſt vrai, toujours.

Il montre le Public. Tiens, j'ai d'beaux &
& d'bons témoins.

M. SCRUPULE.

C'eſt à merveille, mon ami.

NICAISE.

Sans doute. Hé ! ben ; mais ces lamprons,
quand donc que j'verrons ça ?

TOUS.

Il a raiſon.

M. SCRUPULE.

Vous n'irez pas loin.

*La toile ſe leve, on apperçoit d'un côté un Buffet
& de l'autre un Orcheſtre public ; dans le fonds une
illumination au milieu de laquelle eſt cette Inſcription
en caracteres de feu : VIVE LE ROI. Tous pronon-
cent ces mots avec tranſports Le tout ſe termine par
des danſes relatives aux differens caracteres des
Acteurs.*

N° 1.

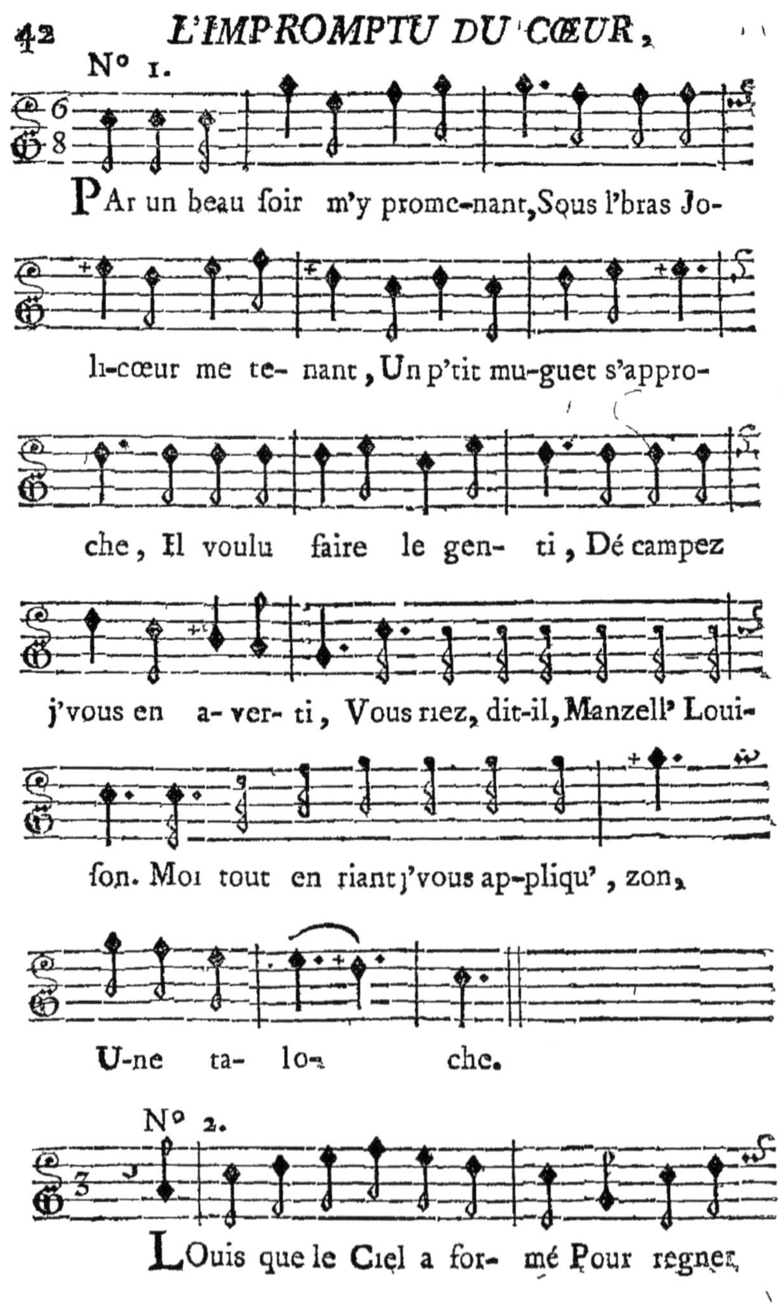
PAr un beau soir m'y promc-nant, Sous l'bras Jo-
li-cœur me te- nant, Un p'tit mu-guet s'approche, Il voulu faire le gen- ti, Dé campez
j'vous en a- ver- ti, Vous riez, dit-il, Manzell' Loui-
fon. Moi tout en riant j'vous ap-pliqu', zon,
U-ne ta- lo- che.

N° 2.

LOuis que le Ciel a for- mé Pour regner,

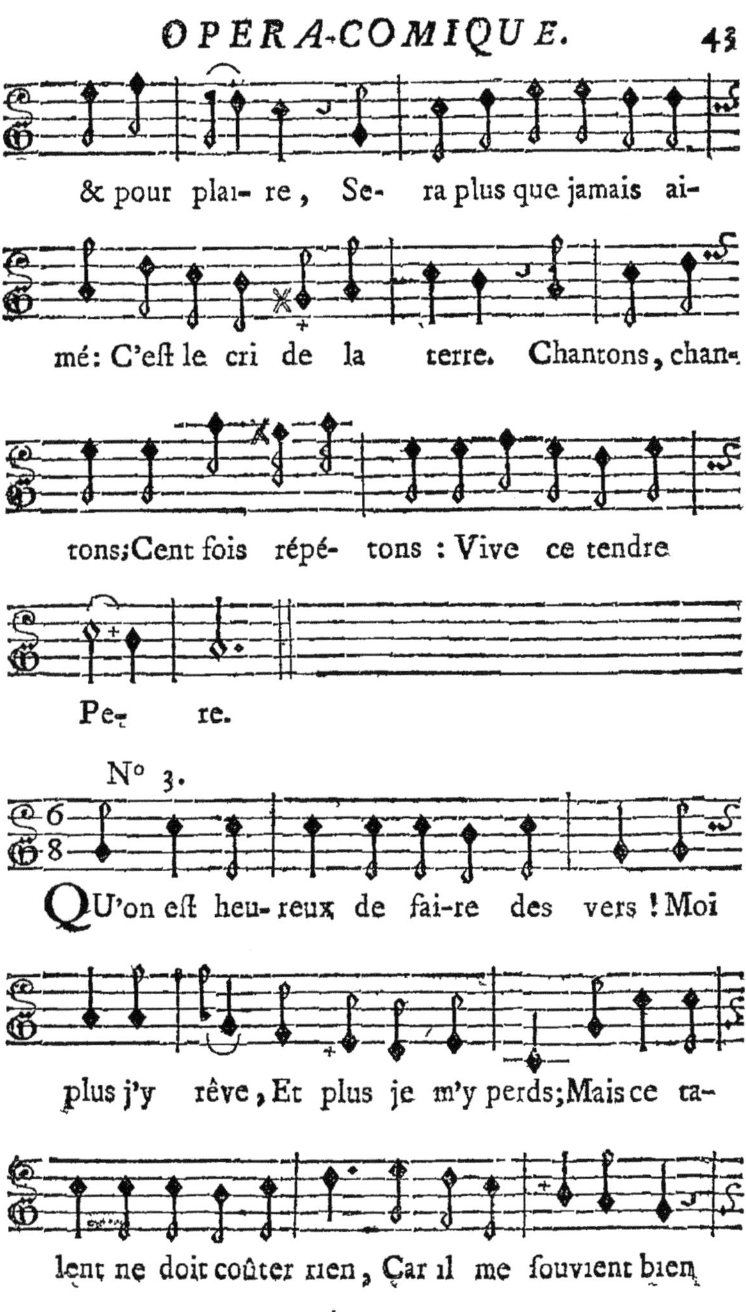

& pour plai- re, Se- ra plus que jamais aimé: C'eſt le cri de la terre. Chantons, chantons; Cent fois répé- tons : Vive ce tendre
Pe- re.
Nº 3.
QU'on eſt heu- reux de fai-re des vers ! Moi
plus j'y rêve, Et plus je m'y perds; Mais ce talent ne doit coûter rien, Car il me ſouvient bien

FIN.

APPROBATION.

J'AI lû par ordre de Monſeigneur le Chancelier, *L'im-*
promptu du cœur, *Opera - comique*, & je crois que
l'on peut en permettre la repréſentation & l'impreſſion.
A Paris, ce 15. Février 1757.

CREBILLON.

Le Privilége & l'Enregiſtrement ſe trouvent à la
fin du recueil des Opera - Comiques.

RECUEIL

De Nouvelles Piéces de Théâtre imprimées depuis 1747 jusqu'à ce jour.

Du Théâtre François.

De M DE VOLTAIRE.

Alzire, Tragédie, in-8°.
Zaïre, Tragédie.
Mahomet, Tragédie.
La Mort de César, Tragédie.
Hérode & Mariamne, Tragédie.

Le Magnifique, Comédie, de la Motte.
La double Extravagance, Comédie.
Benjamin, ou la reconnoissance de Joseph, Tragédie.
Alexandre, Tragédie nouvelle.
Les Hommes, Comédie-Ballet.

De M PIRON, *& autres Auteurs.* in-12.

L'École des Peres, Comédie.
Calisthène, Tragédie.
Les Courses de Tempé, Pastorale.
Gustave, Tragédie.
La Métromanie, Comédie.
Fernand Cortès, Tragédie.
Les Souhaits, Comédie.
Vanda, Reine de Pologne, Tragédie.
Le Plaisir, Comédie avec un Divertissement.
La Colonie, Comédie.
Caliste, ou la belle Pénitente, Tragédie.
Cénie, Piéce Dramatique en 5 Actes.
Le Valet Maître, Comédie.
Varon, Tragédie.
La Métempsichose, Comédie.
Les Engagemens indiscrets, Comédie.
Les Adieux du Goût, Comédie.
Les Tuteurs, Comédie.

Mérope, Tragédie.
La Folie & l'Amour.
La Gageure de Village, Comédie.
La Coquette corrigée, Comédie, 1757.

DU THÉATRE ITALIËN.

De M. *de Boiſſy*, *& autres Auteurs.*

Le Retour de la Paix, Comédie.
Le Prix du Silence, Comédie.
La Frivolité, Comédie.

L'Amante ingénieuſe, Comédie.
L'Héritier généreux, Comédie.
Le Philoſophe dupe de l'Amour.
Les Veuves, Comédie.

Le Miroir, Comédie.
Le Bacha de Smirne, Comédie.
Les parfaits Amans, Comédie.
La Mort de Bucephale.
L'Année Merveilleuſe, Comédie.
Alceſte, *Divertiſſement.*
Les Femmes, *Comédie-Ballet.*
Brioché, Parodie.
L'Amant déguiſé, Parodie.
Le Prix des Talens, Parodie.
Les Jumeaux, Parodie.
La Pipée, Comédie.
Muſique de la Pipée.

De M. *de Voiſenon*, *& autres.*

Les Mariages aſſortis, Comédie.
La Coquette fixée, Comédie.
Le Réveil de Thalie, Comédie.
L'École du monde, Comédie.
Le Retour de l'Ombre de Moliere, Comédie.
La Fauſſe Prévention, Comédie.

La Partie de Campagne, Comédie.
La Gageure, Comédie.
Les Petits-Maîtres, Comédie.
Le Provincial à Paris, Comédie.
La Feinte ſuppoſée, Comédie.

La Fauſſe Inconſtance, Comédie.
Le Retour du Goût , Comédie.
Les Lacédemoniennes , Comédie.
Le prix de la Beauté.
La Campagne , Comédie.
L'Epouſe ſuivante , Comédie.
Les Fêtes Pariſiennes , Comédie.

Ouvrages de M. VADE'.

La Pipe caſſé , Poëme.
Les quatres Bouquets Poiſſards.
Les Lettres de la Grenouilliere.

Opera-Comiques depuis 1752 , du même Auteur.

La Fileuſe , *Parodie.*
Le Poirier.
Le Bouquet du ROI.
Le Suffiſant.
Les Troqueurs & le Rien , *Parodie.*
Airs choiſis des Troqueurs.
Le Recueil des Chanſons avec la Muſique.
Le Trompeur Trompé.
Il étoit tems , *Parodie.*
La nouvelle Baſtienne.
Le Divertiſſement de la Fontaine de Jouvence.
Les Troyennes de Champagne.
Jerôme & Fanchonnette, *Paſtorale.*
Les trois Complimens de la Clôture.
Le Confident heureux.
Folette ou l'enfant gâté.
Nicaiſe , Opera-Comique.
Les Racoleurs, Opera-Comique.
L'Impromptu du cœur.

De M. FAVART & autres Auteurs.

L'Amour au Village.
La Fête d'Amour , Comédie.
Les jeunes Mariés.
Les Nymphes de Diane , avec la Muſique.
L'Amour Impromptu, Parodie.
Le Mariage par eſcalade, Opera-Comique.

Le Troc, *Parodie* des Troqueurs, avec toute
la Mufique.   3 l. 12 f.
\ La Magie inutile.
L'heureux accord.
L'Heureux Evénement.
Le Retour favorable.
La Rofe, ou les Fêtes de l'Hymen.
Le Miroir magique
Le Roffignol, avec la Mufique.
Le Monde Renverfé.
Le Calendrier des Vieillards.
La Coupe Enchantée.
Les Filles.
Le Plaifir & l'Innocence.
Les Boulevards.
L'École des Tuteurs.
Zéphire & Flore.
Bertholde a la Ville, *avec les Ariettes.*
La Peruvienne.
Le Chinois poli en France.
Les Fra-Maçonnes.
L'Impromptu des Harangeres.
La Boh émienne, Parodie, avec la Mufique
Les Amans Trompés, Opera-Comique.
Les Amours Grenadiers.
Le Diable a quatre, avec les Ariettes. –
Choix de Piéces plaifantes repréfentées fur differens
Théâtres Bourgeois.
L'Eunuque, Comédie. *in-8°.*
Agathe, ou la chafte Princeffe, Comédie.
Sirop-au-cul, Tragédie.
Le Pot-de-Chambre caffé, Tragédie pour rire, &c.
Madame Engueule, Parade.
Les deux Bifcuits, Tragédie.
Le Marchand de Londres, Tragédie bourgeoife. *in-12.*
Momus Philofophe, Comédie.
L'Electre d'Euripide, Tragédie.
Abaillard & Héloife, Piéce Dramatique.
L'Orphelin, Tragédie Chinoife, traduite avec un Effai
fur le Théâtre Chinois.
La Mahonoife, Comédie.